要我不要

吹鼓吹詩人叢書／13

喵球 著

【總序】

台灣詩學吹鼓吹詩人叢書出版緣起

蘇紹連

「台灣詩學季刊雜誌社」創辦於一九九二年十二月六日，這是台灣詩壇上一個歷史性的日子，這個日子開啟了台灣詩學時代的來臨。《台灣詩學季刊》在前後任社長向明和李瑞騰的帶領下，經歷了兩位主編白靈、蕭蕭，至二〇〇二年改版為《台灣詩學學刊》，由鄭慧如主編，以學術論文為主，附刊詩作。二〇〇三年六月十一日設立「吹鼓吹詩論壇」網站，從此，一個大型的詩論壇終於在台灣誕生了。二〇〇五年九月增加《台灣詩學・吹鼓吹詩論壇》刊物，由蘇紹連主編。《台灣詩學》以雙刊物形態創詩壇之舉，同時出版學術面的評論詩學，及以詩創作為主的刊物。

「吹鼓吹詩論壇」網站定位為新世代新勢力的網路詩社群，並以「詩腸鼓吹，吹響詩號，鼓動詩潮」十二字為論壇主旨，典出自於唐朝・馮贄《雲仙雜記・二、俗耳針砭，詩腸鼓吹》：「戴顒春日攜雙柑斗酒，人問何之，曰：『往聽黃鸝聲，此俗耳針砭，詩腸鼓吹，汝知之乎？』」因黃鸝之聲悅耳動聽，可以發人清思，激發詩興，詩興的激發必須砭去俗思，代以雅興。論壇的名稱「吹鼓吹」三字響亮，而且論壇主旨旗幟鮮明，立即驚動了網路詩界。

「吹鼓吹詩論壇」網站在台灣網路執詩界牛耳是不爭的事實，詩的創作者或讀者們競相加入論壇為會員，除於論壇發表詩作、賞評回覆外，更有擔任版主者參與論壇版務的工作，一起推動論壇的輪子，繼續邁向更為寬廣的網路詩創作及交流場域。在這之中，有許多潛質優異的詩人逐漸浮現出來，他們的詩作散發耀眼的光芒，深受詩壇前輩們的矚目，諸如：鯨向海、楊佳嫻、林德俊、陳思嫻、李長青、羅浩原等人，都曾是「吹鼓吹詩論壇」的版主，他們現今已是能獨當一面的新世代頂尖詩人。

「吹鼓吹詩論壇」網站除了提供像是詩壇的「星光大道」或「超級偶像」發表平台，讓許多新人展現詩藝外，還把優秀詩作集結為「年度論壇詩選」於平面媒體刊登，以此留下珍貴的網路詩歷史資料。二〇〇九年起，更進一步訂立「台灣詩學吹鼓吹詩人叢書」方案，鼓勵在「吹鼓吹詩論壇」創作優異的詩人，出版其個人詩集，期與「台灣詩學」的宗旨「挖深織廣，詩學台灣經驗；剖情析采，論說現代詩學」站在同一高度，留下創作的成果。此一方案幸得「秀威資訊科技有限公司」應允，而得以實現。今後，「台灣詩學季刊雜誌社」將戮力於此項方案的進行，每半年甄選一至三位台灣最優秀的新世代詩人出版詩集，以細水長流的方式，三年、五年，甚至十年之後，這套「詩人叢書」累計無數本詩集，將是台灣詩壇在二十一世紀中一套堅強而整齊的詩人叢書，也將見證台灣詩史上這段期間新世代詩人的成長及詩風的建立。

若此，我們的詩壇必然能夠再創現代詩的盛唐時代！讓我們殷切期待吧。

二〇一一年七月修訂

【推薦序】可不可以再緩慢遲來一些

阿流

（殘酷的人際、貧困、創傷、隱忍著長大，不被允許存在的眼淚或歡樂。以一種被惡質的困境所裹脅的張力，試圖想像、突圍、深刻的接受，而成為凝成血塊的質感，在詩裡伏擊所有人誤以為的光明前景、驚異想像，卻仍舊不知所措、故做鎮定地想承受這些與死亡、與傷害有關的現實，究竟該以那個面向的敏感心靈，去抵禦、接受，或者變形成想像中最不著痕跡的消化方式？）

他剛來的時候就有這個名字——「喵球」。他唸了他的詩，在那個學生聚集用餐的地下室，在夜晚眾人顯得模糊不清的昏黃時刻，在詩社的學長姐面前，誦讀他自己的句子，像是極為靦腆，又得頂住最後的自信那樣，開始了他想像的文字音符。我當時有點好奇，他要那麼多有趣的意象要做什麼？過了很久，我才知道，那些左一個右一個憑空而來的語詞，是喵球的朋友吧？是可以陪著他的玩伴吧？又或者其實是他最珍愛的被被、最得意的「炎殺黑龍波」秘技，是從童年裡珍藏到現在的、不可死去遺忘的、誰奪走他們就要和他拼命的，他靈魂裡的親人。

於是我老覺得喵球正在與即將流下的眼淚對壘，「可不可以再緩慢遲來一些？」像是一句潛隱各處的旁白，得讓他有足夠的時空縫隙，把艱難的現實，轉化成一些顏色物件或可反應的自我理解狀態。我曾經很認真的懷疑，喵球是因此才變胖的。為了這個縫隙的出現，喵球需要絕對撐持的力道，以便整個生命角度的團轉，他得把全部精力用在這個團轉的可能性之中，夾帶性命出逃、夾帶最寶貝的事物出逃，為了護持所有，他也只能在絕對崩坍的邊緣，創造一個通道式的奇蹟，讓自我存活下來，讓詩也一併存活下來。

我摘錄出一些句子，都是這些縫隙裡擴張的描述：

我沒有了毛邊／世界沒有了苦難／沒有人會永遠悲傷／我知道／／對／就是這樣。……

〈對〉

它們比手指更早長繭／而且它裝不下風了／風都從他的肚子中間逃走。／你再也不能變成超人還是／一圈又一圈／在光與浮塵後面。……

〈我最愛的奈勒斯是個一定要抓著他的毛毯的小男孩〉

海浪是你用腳打的水漂／你哭喊時／學會頭腔共鳴／坐在天空裡吹雲……

〈與慢性病一樣黃的天〉

我變得愛哭了／因為四月　桐花在開／款款的鋪在我的身上／那是隨我落下的／白花／／（永不能細讀）……

〈人雨〉

像是一個越來越小的、倒退著時光回去的孩子，有時無法彼此認記那長大了的外殼與柔軟的內裡，該當如何去和平相處，在〈水仙〉裡說：

我在你的夢裡醒來
這樣不太好
你似乎開始賺錢

穿得一天比一天好
時間經過你越來越快
越來越快
你定居而我遷徙
這對我們再次相遇的機率
彷若是有幫助的
那，這樣也好

要是不這樣又能如何？似乎那接近宿命般地承認這段社會化經歷的殘酷，才是回應這世界的「正確」姿態，但我們也在詩裡聽見〈我不喜歡〉：

枯葉堆起
要燒我的死去
但我不在
我在時間背後
拿葉子換到該開的花
穿西裝的人說

我不該非法使用贗幣
一棵台北的樹
理應站在柏油之間
深入一個城市
我不喜歡他

那彷如對時代的抗辯，微弱卻也堅定，那背後曲折的情節心事，在詩裡都成為隱喻的背景，在不同世代裡，誰說沒有他們自己生存的課題呢？因而那些越來越激烈的衝突，在詩集的中後篇章裡再不能迴避：

「我們國族的年都走了」牠說
牠早已習慣人人持槍
美麗的煙花嚇不倒牠
牠再也不能長大
永遠都得是　小年獸
生活品質會穩定上升
是牠流浪的關係

我在身上綁滿炸藥
問城裡所有遊民
「你是不是過不去的年？」……

〈尋年啟事〉

還有那些孤單長大的申訴：

孩子帶一張滿分考卷回來
兒童餐具難以打破
能夠一摔再摔

晚飯　還沒煮好
一個餓了的孩子
從不讓父母操心……

〈兒童餐具〉

最終為城市所吞吃入腹的血腥之感，還帶有喵球式的、至死不渝的想像張力：

> 一格格灰色的都市羊都懷疑，特別白的傢伙是狼；裸著上身的是狼；長著角的是狼。牠們睡不著時互相數，永遠都數到咩就睡著了。
>
> 牧者，滿是羊騷味，也試著灑點香料，居然像極了羊肉爐。……
>
> 〈牧人〉

來不及喊叫、來不及求救，甚而也來不及哀悼，時代把青年人都當成食材吃了，有誰覺得痛惜？

「我記得他們燒落葉／煙竄得很高很高／天上有許多面孔」，在〈葉子〉裡最後一片普通的葉子，似乎也向上燒竄，化成許多煙霧的面孔，正低頭注視著我們。

目次

我

不要

肚臍眼

要

不

自助旅行達人

晨昏我都努力記下
要告訴你
太多的辭彙使我以為
我是個旅人　吉普賽　浪遊者
我得到肉體後
只用來睡覺
與居無定所
夜晚的沙漠
與極地一年僅有兩次的日出
都認得我知道
我會世界上二十多種語言
幾種非洲土話
與一種西藏康巴族的鼓語

中文是這麼說的
我是異鄉人

你仍在園裡四季如春
問那些麻雀
關於我愛吃的菜
我不清楚麻雀們如何能在城市裡
定居
至少你還有這些麻雀
至少城市還有這些麻雀
我思念你
從一零一垂下的金黃長髮
小仙女們天天
輪班為你結辮子
沒人有空變一個南瓜來載我
所以我坐公車來的
久久一班

當你驚喜得忘了我也遺忘的晨昏
我會這樣告訴你：
「因為我受過極嚴格的中國武術訓練」
還有　外星人是不可能存在的

無期

他們都長大了
他們的肝容易不好
一不小心就變成黑白
在一個人面前讚美他時
總不會太少
總是勸人吞忍
世界分層設色
我藏起的彩色筆
早已過期但所有的筆蓋都在
靜靜地積灰塵
它們很便宜

所以我需要標籤
電視：木頭的顏色，有小拉門
書桌：槐木的顏色，上過亮光漆
書：最愛的那種紅色
寵物：黃千佳，巴西龜那種綠色
伴侶：黃種人，最愛綠色
教我英文的老師：白人，最愛綠色
用過的筆的顏色
一隻綠色肚子的鳥
還有一隻藍色尾巴的鳥
瓢蟲的紅底
討厭的白線斑蚊也貼
我曾被蜜蜂螫過
那種妖異的紫色
嘎滴琺的巧克力我愛
雨理應是白色
並溫暖

025　要不

可以在任何雨裡
一睡不起
就像迷路的時候
不打算慌張
我不希望
但有些人確實無法溝通
他們，也被我寫了下來

我笨我笨
但好愛好愛

必殺技

我去公園總是先說
炎殺黑龍波
因為毛毛會說界王拳
無限多倍
牛哥會說超級賽亞龜派氣功
後斗都說太陽拳
阿跛最愛氣圓斬

我要去公園就先喊
炎殺黑龍波
一條黑龍帶在身後
一條藏在右手
我的黑龍不管對手怎麼躲

都躲不掉
（所以我只要坐在這裡看就好）
要是躲開了我還能吃掉
我的黑龍
（所以零用錢被拿走也沒關係）
吃掉了我的黑龍之後我就超級強
根本不用黑龍波就能打敗你們
但是但是用了這招
我就會睡著
因為因為這招
真是太強了

我要去學校也喊
炎殺黑龍波
我打躲避球當然用
炎殺黑龍波
考卷不會寫我就畫

一條很黑很黑的黑龍波
但是但是用了這招
我就會睡著

因為這招真是太強了
我去面試也用
炎殺黑龍波
面試官就用了
風華圓舞陣
雖然擋不住我的絕招黑龍波
但我們已經是好朋友了

＊註：
界王拳、超級賽亞龜派氣功、太陽拳、氣圓斬都出自動漫作品七龍珠。炎殺黑龍波與風華圓舞陣則出自幽遊白書，且使用這兩招式的角色之間關係曖昧。

你決定試著生氣

你剛拿出的灰大衣
又持續吊掛
紅色的鼻子
彷若有光
季節的躊躇
你走得更慌忙
總這樣預言
「如果我沒猜錯的話
那我就猜對了」

昨天你沒要幹麻
今天也沒要幹麻
耳聞遠親微恙

有人中槍
那人是否正在幹麻
他說，他愛著
不管怎樣
除去上工
沒要幹麻

你這年紀對社會如此冷漠
其實你早已張開雙臂
躺在某個無花無鳥之處
無雨無晴之處
湧出海水
只花了六分零五秒
就讓星星變成藍色
鼻子紅著
看似過敏

031 要不

一切不盡
如果你沒猜錯的話
你的微笑與好意
都為了使你的生活更加順遂
那你就猜對了

我是如此地

我是如此地需索
如此地需索
所有能躲藏的地點
一本被隨手抽出的書
他應有的隙縫
回不去
夾在書中的信
已被啃過
廉價的墨水
留在書上
又倒了一棵樹
下過一場雨

我的心計
就得重新儲存
我是如此地
想變成一次只記得一件事的松
鼠
我漂亮的門牙
幽深的樹洞
裝滿栗子

庶民區

每年
我都試著搬家
地是人孔蓋的
比路燈　還多
我不承認我太重
滿地都有水洼在等
我很久沒買
新鞋了

溼氣一重
牆就通通皺著
星星抖落
銀河系等級的壁癌

035　要不

我夢夢白日
頭髮是緩緩
白了

天掉漆
天天
仰躺看他
露出灰色水泥
銹得古色古香的鋼筋
天天我都去掃
掃完了又掉
腰啊　是越來越軟
Q了

對

我夢想毫髮無傷地長大
因此我專注的遺忘
終於成了貴人
終於忘了小時候
為何會喜歡彩色橡皮球
為何會喜歡他
對路上被壓扁的動物屍體
也視而不見
不再徒手抱著他
滿山尋找一個未挖的墓穴
我沒有了毛邊
世界沒有了苦難

沒有人會永遠悲傷
我知道
對
就是這樣

健康雨季

我已經習慣
不去注視那些沒傘的人
濕了的衣物
將變得透明些
變得百口莫辯
鞋中裝滿了水
襪子會臭
每一步都伴隨
踩死什麼的聲音
那些腳正要皺
沒人想要跳舞

我已經習慣
燕子低飛
在屋簷下我得以乾燥
不看雨攀附在人身上的樣子
有車子快速駛過面前的水漥
今天原來很熱
熱氣從地裡羽化成仙

大成若缺

有一天可以在長大前
選擇穿上洛可可風的洋裝
選擇每個月痛得像拉肚子
選擇當街哭泣
引發一場戲劇性的雨
選擇溼透時若隱若現
選擇當區域貓般的吉普賽

選擇一個無法長大的靈魂
裝進了不斷長大的身體
公事包裡裝滿了玩具
Paper上都是塗鴉
當街痛哭

041 要不

被炒魷魚就破涕為笑
選擇呼吸
選擇不呼吸
選擇當一株鬼針草
躺在每個人的便當裡

不選擇性別

選擇
　成為一個有用的人

不安全感

我開始穿黃色鞋子了
合成皮
走在夜市裡
沒有腳步聲
也很響亮
香腸阿伯停止了骰子
挑衣服的人停止了伴侶
逃跑的攤販停止了
開罰單的鴿子
走過來，但跟不上我
我穿得比他們都少
比他們都輕
我從雅典回來

043　要不

襪子　是綠色的
我是走路去的
衣物與肉體慢慢風化
最後　沒穿鞋不能進圖書館大廳
我開始穿黃色鞋子了

當然我已經不再難過了
我有一襲袍子
不再難過你總是忘記
帶土產給我
你從挪威回來
帶給我一頭電氣鼠玩偶
唯一一次　中國製
那時我正在蓋希文的狂想中
脫衣服
我正在　走路
你看著我的屁股

竹里館

筍在稍遠山上
探頭出土
竹林抖了抖
又長好一片

人在深夜
不打算吶喊
不發出太好的歌聲
月亮轉了一圈
裙襬有風

當注視鏡子
房間裝滿了海

衣物鹹黏沉重
浮著的一段竹節微微亮起
決定升起潛望鏡

筍在山上
探頭出土
貓頭鷹頭上有個問號
一陣霧巡自生長
田鼠也逐漸看不到了
月暈完好
應是明日無晴

色衰愛弛

陰天柏油路
所有車都在躁動
沒刷牙就嘆氣
人們的臉髒了
要回家才會發現
要對著鏡子才會發現
其實一哭他們就會發現了
淚腺開始萎縮
肉體越發鬆弛
雙黃線禁止迴轉
停車要收二十塊
沒人在路上跌跤了
跌跤了也馬上爬起來

047　要不

那個本該攙扶你的人
遲遲　遲遲不來
就摔一跤
就趴在地上哭
陽光全躲在地裡
膝蓋的新傷溫熱有血

我們不一定老　殘　窮
天天都拿到發票
發票全沒中獎
愛過的人都結了婚
咬牙養房子　哎呀生孩子
出來等垃圾車的人
都是鄰居
我們臉色衰頹
忘了看那個遞來面紙的人一眼
忘了說　謝謝

兒童牙膏

在水裡是魚
在田裡是牛
挨揍時金剛不壞
看卡通火眼金睛
拿掃把伸縮自如
一睡著露出尾巴
海是澡盆
變回來時手腳皺皺
山是棉被
吃晚飯時腳上有土
鉛筆盒養著天馬

049　要不

每回蟠桃會上
都偷吃一點
鮮美的水蜜桃牙膏

松鼠埋在我的肚子裡

一陣大霧愛我
將夕照留在我身上
一隻鴿子飛走
一群鴿子飛走
牠不小心啄到辣椒
我自己種的
天然有機油紅色

有蛇輕聲細語
向我要一隻鞋　睡覺
我打赤腳走得太穩
背上駝滿餘暉
不小心踢出一串地瓜

小筍頭笑著給我十分
與一身好泥

霧在那裡等我
穿過一段路禁鳴喇叭
貓頭鷹還沒睡醒
小蒜默默抽芽
獼猴方從電線杆跳上一棵樹
華雞叼走一隻蚯蚓
青蛙正要叫
我正要屏息
坐下　掉頭髮

野薔薇

一朵薔薇忘了帶刺
我就染滿血汗
血汗的主人們精於插枝
他們如此偉大
渴望一切　都能忘了帶刺
但花還未開
有孩子忘了帶傘
他帶著一陣雨
無聲地經過我
原來我與花蕚同色
我也　忘了帶刺

053　要不

適合寫詩的日子
從來不是什麼好日子
有孩子忘了帶傘
有朵花忘了帶刺
我又打算滿懷愛意地盛開

詠物

簡介：
你流傳得太久
父不詳
母不詳
生年生地不詳
配偶不詳
夢不詳
關燈而有茶香
都想摸你
每個人都想捏造你的記憶
每個人都是書
隨著時間再不翻看
每個人

都流落街頭

來者皆避目解說
舌上似有茶
從唐代來
從明帶來
從輕帶來
你黑曜得狠
那時茶已不再
用煎的了

慎瀆

能緩緩晃動的
一間房間
看不到裡面
窗有碼
點著紅色小夜燈
屋簷滴答不完的水
沒有用處

貓不打架狗不吹螺
月光肅穆既往

沒有用處

裸體

與黜黑的乳頭
試圖擠出自己的乳汁
用小腳趾踢斷一只桌腳
攤倒在一地衣物上
一種瑜珈式的漂浮
不能用來游泳
救人、做環保、哺乳
當然，那是個男人
但他的肚子
有懷孕的可能
一個他最上口的笑話
語畢　哄堂大笑
就沒人在意
貓狗不來
月光仍照

葉子

櫻花又在朵朵凋謝
我當一片葉子
已有三年
我揮手趕蜜蜂　趕蝴蝶
趕走雪
我不喝別人的酒
只是蜷曲著
遮住葉脈
所有葉子都沒能認識我
就已經不再是葉子
所有花都沒與我說一句話
就含著微笑
落到酒裡

我記得他們在樹上刻名字
那時氣溫三度
他們呼出白氣

我記得他們來賞花
喝他們人生第一口酒
沒把垃圾帶走

我記得有個孩子跌倒
卻很好心地
在樹下尿尿

我記得他們燒落葉
煙竄得很高很高
天上有許多面孔

誰會注意一片葉子的敬謝不敏
樹上的姓名被劃掉又與別的重疊
季節是花的
花是眼淚與埋葬的
我品嚐自己記在葉脈的四季

誰注意一片葉子跳進
一盞空杯
像一片普通的葉子
只因他是唯一的瓷杯
尚未斟酒
被輕輕挑起　旋往地上
像今年最後一片
普通的葉子

養羊

撿一隻羊
一隻淋雨很久的羊
終於縮水到
能夠進入盒子
我不打算把牠吹乾
牠不要膨脹
不要輕飄飄
牠的盒子與牠就是我要的羊
我能接受　霉斑　霉斑

牠怕女人哭
但眼淚令牠瘋狂
我為牠的角開鋒

每月為牠下一場雨
為牠豐盈一條小溪
持續牠的縮水
牠不要膨脹
不要
我與我的盒子，
牠就是隻羊
我能接受　牠吃紙

領養　一隻羊　回來養
一隻　吃紙　嚼嚼　的羊
牠淋雨很久
我仰躺在牠的盒子裡
等牠　吃掉
我身上　寫著，
嚼嚼

養羊

每天都要妨礙自己
釋出過多善意
我的盒子是紙
才剛乾掉
變脆
水漬已經泛黃
顯得冒犯
就用娃娃音卸責
大好春天

大好春天
我問牠們
「想活了沒？」

牠們從來只說
「沒——」
水與空氣都好
螢火蟲正在豢養
一生的光

牠穿著牠的第一襲毛皮死去
我殺的
牠是我的
松露法式小羊排酥皮佐烤蕃茄脆綠時蔬
我穿牠並永遠記住牠的編號
與菜名
嚼嚼

穀雨

窗　窗檯
一個盆
與另一個盆
枯黃很久的蘆薈
緩慢地抬頭　轉綠
土裡充滿水氣的時候
你不知道
這得從雨說起
但我不打算　我沒帶
開罐器

我們對著土豆麵筋發呆
屋簷小燕正在學飛

搖晃地　繞房間一周
雨聲大了起來
午後　無雷
你不知道
罐頭下
有拉環

蒹葭

鳥都睡沉了
月下白雪撲滿
蛇與蛙長睡在同一片地裡
是明天了吧
明天河就要開始流動
水聲涵著螽斯蟈蟈
紡織娘看著小白花絮飄落
引不起水花
沉不進河裡
不保暖
就像你的羽毛

我常想像你是隻水鳥
駁斥那些不夠優雅的獵人
與飢餓的魚狗
你適合乾淨的水　空氣
起飛時跟著一陣蘆花
睡著時，頭上別著點點蘆花
說夢話
自己　也成了蘆花

是明天了吧
我總想像你在南方
也找一片蘆花原
跟眼下一樣
是明天了吧
或許會有一尾溪蝦
吃掉一葉水草
我便能投往南方

悄悄盛開
輕輕地落在你的頭上

靈曦

對一扇門枯坐
在月下雲遮
推
敲　草尖有露滴落
土有了自己的語言
長出一輛馬車
木人下車
僧正要開門
明月上椿
對遠走的你述說別後

別後
你一紙了然

071 要不

穿山過水
枯腳抽出新芽
一路滴水落土
柳林松林桃花林
看你一紙殘破
不過三秋
不過三秋
有一扇門等你
從此不關

不關
你啃石為餐
枕水成蓮
沒人在新月時出門
看你　開花
有露滴落
正好是個晴朗的初一

有聲音經過齒縫

你的冷了我的也是
含蓄的水煮蛋
用手抓來吃
一個蛋孤單地爬過食道
水在沸騰之前蒸發殆盡
好乾　好乾

蛋變成過多的蛋白質
它們在腸中著床
在絨毛間成為口臭
而你我在刷牙聲中
滿口血

073　要不

吻起來像牙膏
有點冒犯
用舌頭
鑽那些蛀牙
詩都噴出來　發酸
飛沫傳染蛀斑於所有家具
報紙翻看聲中
微焦的吐司被剩下了
橘色果醬被剩下了
它們不說話

所有話語都被壓縮
話語都被壓縮
嘶嘶蛇信
我讓一顆蛋獨自通過
一條蛇

13

他們都躺著
在青苔上
想念恆河之沙
青苔躺著
在雨後葉落的階上
佛就踩過
佛就餓了

乳水經過佛的嘴角
從乳房彈跳翻身而下
散為白菊花十三朵
躺在苦綠色的苔上
開放著凋零

075　要不

死亡著出生
春夏秋冬同時來臨
十三朵白菊花落寢時
恆河之沙已用來計數
佛亦用來計數
或當動詞　打招呼
我佛你，佛佛佛佛佛

佛多了恆河就深了
佛們也就是佛s
伸手掬沙　自堆成島
佛s待在島上　不再輪迴
就此安心　也能愛了
佛s有太多靈魂能夠互擲
互擲使佛s不致餓死
十三朵白菊花躺在河床
河床石上有苔

臉都綠了
終於佛窮且模糊
人富而清楚

不只一次，她希望我是女孩

信夾在書裡
變成一個皺盒子
來不及乾
她開始悄悄
流動
晴天很害羞
淋雨很安靜
左腳踩上男孩的右腳
右腳在這種時候抽筋
她把抽筋也收在盒子裡

「女人百分之八十五是水
雨會穿透我們的身體」

她摸女兒的頭
給一封流動的信

沒有根使得人類很困擾

山是靜的
我們都在土裡腐朽
指甲縫髒得可以開出一朵小花

職業作夢人

水龍頭沒旋緊
泡麵碗住著福壽菊
比桌子小的鋼琴
比朱槿甜的聲音
蒲公英種子漂浮了整個下午
蠟燭亮起來
鋼琴只能說　Fa
Fa　Fa　Fa
大王花從衣物山裡冒出來
蘆花住進牆邊的寶特瓶
插座開出喇叭花
含羞草紛紛合上
過期便當從便利商店

蔓延進來
滴水聲停止了
木槿色的玩具鋼琴

蹲在森林裡
琴鍵間　長出蒲公英

你難過得像個橘子

一個橘子有很多著名的笑話
他說嘿
我好難過被摘下後
就再也沒出恭過了
一些人哈哈因為橘子根本
沒有這種需求

一個人點頭又搖頭
原來他才剛從一場
酸梅電影的黑暗房間中回來
而且忘了吃我吃我爆米花
那豐富的肢體語言
是如何又讓他該邊

083　要不

生出青春痘
他終於開始攜帶
衛生紙隨身

橘子又說嘿
看我健壯的果肉
幫我數數我的柔腸
寸成幾段
一個失敗的笑話
能否找到一個
失敗的聽眾
因而去拉皮成梨子
嘿他說這實在太令人難過了
這地方根本沒人注意到
疙瘩突突的肌膚
這地方根本沒有一個橘子
難過得像個橘子

我最愛的奈勒斯是個一定要抓著他的毛毯的小男孩

一條舊浴巾，
它是青色的但它原來應該更綠。
這應該是你第一個玩伴吧，
用食指拇指中指滑捏過它散脫的毛邊，
你不記得這是什麼時候開始的，但你確實記得，
很多很多個下午你就在光與浮塵之後，做這麼一件事。
你就像用手在走一個永遠沒有終點的迷宮，
擦頭的那邊、擦身體的那邊、擦手的那邊、擦腳的那邊，
你用手走在那散脫的邊緣，一圈又一圈。
一圈又一圈。

085 要不

你的第一個玩伴，現在是超人披風
在你背上在休耕中的田埂上。
你看到它是綠色的手指滑過
世界。
但聽不到其他小孩的嘲笑，
這條舊浴巾充滿著風。
而你比誰都快你是，
披著綠色浴巾的超人。

一圈又一圈。
你的玩伴現在幾乎是白色的了，
跟眼前隨著呼吸跳動的浮塵
一樣是白色的了。
你已經沒那麼喜歡
擦頭的那邊、
擦身體的那邊、

擦手的那邊、
擦腳的那邊，
它們比手指更早長繭
而且它裝不下風了，
風都從它的肚子中間逃走。
你再也不能變成超人還是
一圈又一圈
在光與浮塵後面。

綠化

序：古「化」同「花」。

妹妹，沒有人會責怪妳帶了圖畫紙
卻沒帶麵包

妳看　我帶了蠟筆的碎塊
塗鴉們在月光下被撕開
妳的筆觸變得更毛
就像我們起滿毛球的睡衣
與沾滿青苔的赤腳
森林與妳勉強扎起的雙馬尾
都無法停止蔓延
我已無法說服妳

期待任何甜點堆成的小屋
只好找妳玩不回頭遊戲

妹妹，我已經忘記妳睡衣的味道
如同妳忘記我原來的長相
宇宙漆黑擴張
星星與星星越來越遠
太陽找不到我們　月亮跟不上我們
我背著妳
妳沒背著洋娃娃

妹妹，我知道那些塗鴉越來越少
我們像鴟梟的嘴巴
有野鼠的味道
貘吃妳的塗鴉與夢
我們就吃一種叫貘的臭麵包

089　要不

走動　就沿路掉下灌木
我知道　再也沒有塗鴉了

妹妹，我們能回家
我走過的森林都結了痂
沿著傷
我看見　妳的頭髮
早已熟悉林裡每個
潮濕陰冷的地方
每條回家的路
卻已停止生長
我們穿著睡衣
卻沒有我們的床

妹妹，我們一起變成蠟筆
宇宙仍然擴張
整座森林都是塗鴉

與慢性病一樣黃的天

@關節炎章魚歌

你是海
存在的並非四季
而是關節
章魚都在那不肯出來
他們靜好如歌
在你的投足間
變形
海浪是你用腳打的水漂
你哭喊時
學會頭腔共鳴
坐在天空裡吹雲

@　海綿牙齒

太初有牙
與月同光
晨昏曖曖
悾悾款款

牙醫和著鑽頭唱歌
他說：「看這些發黃的小海綿」
看這些熱帶魚
看這些海葵
看這個不准發笑的小孩
看他們還未泛黃的歲月

@　瓜大星

大星甜如一口好瓜
整個春天都塞在裡面
蝗蟲團長帶著螞蟻的合唱團

離開糖山
夢想紛飛糖霜的大星
一路上他們容易渴
容易纖細容易被愛
他們慢慢變黃
與焦糖瓜大星
與靜好的歲月

@　阿嬤研發了美味蟹堡

草鞋有點不習慣

是尼姑就去拿一束花
就不窮坐
若我是尼姑我就去拿一束
點著月光的山百合
不窮坐如佛
金光與陳灰一同上身
是尼姑就養一盆小九層塔
若我是尼姑我就管她叫
小俏皮然後再也不吃九層塔

是尼姑就拿手機
拍下那尊
雙眼放出光束的巨大菩薩

若我是尼姑就進去巨大菩薩
尋找駕駛艙
揮舞菩薩飛拳
直到厭煩停止　或者過多

是尼姑就買一台電腦
若我是尼姑我就去組一台電腦
運算正念的密度
揣測涅槃的寬度
中一些會開小花的病毒

是尼姑就該拿一些花
若我是尼姑我就拿一些玉蘭花
去犒賞鞋上的草
然後走進綠色的連鎖咖啡店
請他們播放我帶來的
大悲電音

當然我會點一杯飄浮冰拿鐵給低消

窮坐　但不如來

無它乎？

手套與你沒什麼分別
它有五指與它的觸覺
吃松露　滷肉飯
聽莫扎特　看失空斬
它拍手　聲音悶了些
跳掌紋肚皮舞　它嫺熟地
它握手握手套
握手套時交換細長的線頭
不換手溫　手溫不隱晦
握到石棉手套時
就打勾勾
相信裡面真的有手
手套流你的血

也為你直視太陽
熱了你脫手套
寂寞了就脫衣服
手汗多的人
拉彼此的線頭
比肩狂奔
交會又平行　縱慾又保守
所謂的離體生靈
憂鬱地找失落了的
手指

＊註：
它，為蛇之古字。古代蛇患嚴重「無它ㄊㄨㄛˊ乎？」為問候用語。

住行坐臥

〈住〉

你要的
月水正在流動
那條河划著月光
使得住處酸苦
又適合人居得為難
柔軟得令人
難以定義其為流動
就無法無法遷就全熟的蛋黃
無法踩在你的腳上跳舞
曬你毛毛的詩集

099　要不

裱框你的手拓
叼著土司裸體
叼著土司被親吻
親吻著流淚
流淚著
跳經期的憂鬱

女人是河
一生流動
在住之前住
在住之後放逐
帶走你變得好脆好脆
的水漬詩集
給鑰匙穿上雨衣
繼續弄濕雨鞋
透明雨衣沾著脫褪的
詩句沾著月水

帶走流不動的鑰匙孔
你住
　　你住

〈行〉

雨毛毛的
但雨鞋有種特殊的尷尬
就像香蕉
滿屋子行走
滿屋子吃
皮在天花板上沒掉下來
來吵一架　但先穿上雨鞋
走在天花板時被燈絆倒
就開始下毛毛雨
你用香蕉代替糖果

你用香蕉皮代替領帶
你穿香蕉
然後蹬牆、溜冰
不滑倒你不落俗套
只用相反於木頭人的規則
行走

梳理雨的毛
令人打滾令人磨蹭令人呼嚕呼嚕
就當一把梳子
用整齊的牙齒批哩批哩地
一個人梳毛　看火花
毛毛雨長得好大
毛毛雨吃我
被雨鞋嗆到

〈坐〉

走的時候要牽手
但坐的時候要分開
你十指交結成印
口誦佛號：「窩　矮　膩」
那口鐘那口鐘哪兒去了？
你囑咐必得敲的那口
會呵呵笑的鐘嗡嗡
你隨即以腿抱胸
開示如儀
但我沒聽我要一把可愛的椅子
適合坐著彈奏巴拉萊卡琴
而不是圃團寫滿了愛巴拉巴拉
用來敲鐘巴拉萊卡
比起端坐你更適合
哥薩克舞拉拉萊卡

這樣這樣這樣我也不用照顧
從你嘴裡跳出的那些吉娃娃
巴拉萊卡卡
吉娃娃吉娃娃吉娃娃
你端坐如儀吉娃娃

「愛是包容」
你又這樣做了結語
我正不端坐如巴拉萊卡琴

〈臥〉

你向右
側臥如弓
日夜滿弦

我向左
側臥如黑屏風
腰窩有雪
傳說月光在此駐留

我的心臟被半身壓迫
哼哼如歌
拉鉅著身體你如同
彈貓高手

「雨鞋貓呀雨鞋貓
她是雪的雨鞋貓
她是怕冷的雨鞋貓
她用躺臥來微笑」

我有河流過半身
你輕輕放盞水燈

我

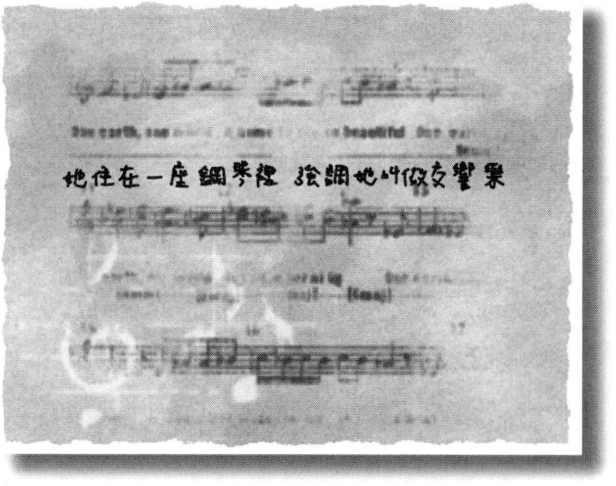

一個月黑風高的夜晚

綿羊綿羊
綿羊　綿羊　綿羊
跳的綿羊跑的綿羊
跳得高的綿羊
跑得慢的綿羊
一起咩咩叫的綿羊
綿羊綿
羊
借來的不聽話綿羊
躺著的綿羊
吹電風扇
耳鳴的綿羊
對著風扇叫的綿羊　綿

架裡打滾的也是綿羊

一起舉高雙手的綿羊
一起轉圈的綿羊
開始有歌了綿羊
一拍多一隻的綿羊
牽成一圈的綿羊
盛大踢腿的綿羊
咦？一隻剛被理成平頭的綿羊
成對拉背筋的綿羊
一排甩著長袖的綿羊
劈著腿的黑綿羊
墊著腳尖的綿羊
疊起來的綿羊
擦地板的綿羊
看窗外的綿羊
在浴缸在水槽裡的綿羊綿羊綿羊

綿羊綿羊

玩著木頭人的綿羊
不小心動了就消失的綿羊
綿絮裡吹電風扇的綿羊
聽不見了的綿羊
數綿羊的屬羊綿羊

人雨

我變酸了
變得具有刺激性
變得能更分裂
增生出昏沉的時光
我變得混濁了
我帶走屋頂的灰塵
與種子
打在某人頭上
變得有某人髮油的味道
（我是一場雨）
我變得黑了

有人認為我是柏油的顏色
身體無限變胖
（怕水的紅眼睛）

我變得愛哭了
因為四月　桐花在開
款款地鋪在我的身上
那是隨我而落下的
白花

（永不能細讀）

水仙

應該煞有其事地說：
我們再也不能再也不能一起感冒
我覺得你覺得這樣不太好
對一首詩不好
對我們共同的朋友也不好
共用的衣物、毛巾
甚至牙刷
甚至時間
我們根入彼此
疼痛同一處傷口
我們同樣高矮同樣胖瘦
時間經過我們花費的是一樣的時間

我經過你
就像一座遷徙的村莊經過一個旅人
我依然遷徙
就像一座遷徙的村莊經過一個旅人
你依然旅人
你帶走我的吉他
我感冒

我在你的夢裡醒來
這樣不太好
你似乎開始賺錢
穿得一天比一天好
時間經過你越來越快
越來越快
你定居而我遷徙
這對我們再次相遇的機率
彷若是有幫助的
那，這樣也好

仙人掌
——記那些死後收回的腳印

我啊，是真的變堅強了呢
他掛在刺上的樣子
已經如此大與殘破
砍下了愛人的頭
吃掉了愛人的身體
我也是前所未有地多肉
我啊，淡淡地笑了
毛髮退化成針
時間踩過
我扎在時間的腳上
我有的、所有的，便是時間
沙丘上的風紋

頓時充滿喜感
就不再浪費任何水分
連針帶刺地盛開
也開花　也結火龍果
時間與腳印蔓延之時
接住了每一場雨
每一場雨都是他在天上的腳印
被人的離去所填滿的時間，我啊

快三十自述

對於水
應該要小心
因為我總帶著
帶著一盆水
走得很快
走得很快很快
步伐使得我當真有點渴
滿足於水潑在我的手上
還是不愛
把地板弄濕

我三十歲仍不會把水收回
我三十歲仍不會

把水分開
把那些水與這些水
混在一起
但我能增加他們
我的磨光的鞋底增加他們
我的水果刀傷增加他們
我的朋友也在增加他們
我們都是七十％
都打傘
有時也用杯子裝水
潑在朋友臉上
朋友不是受辱就是錯愕
來不及了

有些節日人們互相潑水
我三十歲一定無法收回一滴水
已出生已死去未出生而死去的人

都朝我潑水
這一盆越來越多的水
處女座O型屬狗
三十歲

庭中有奇樹

海是我的
這座城一直多雨
你厭惡溼氣
　所有傷口都要發芽
照顧過的盆栽都死了
那些化為綠色靈體的植物
　在泥濘中
　嘀唱上古情詩

樹也將你深深傷害
他對著你的芽眼
細數四季

119　我

誘惑你忘記我的海
你愛過的人都來了
有人給你百本小說
　陪你千部電影
　塞給你過萬首情歌

　　而我　只為你寫過
　　　一首壞詩
　　埋在你的庭院
　與所有空盆一起
先佔好　死後的居所
只因那首壞詩
不適合唸　不適合唱
只適合下雨時
上街　踩過我背上的草皮
你便不會在應酬時
索性赤腳

索性踏上另一個人的腳
起舞

你不知道
海被你愛過的人填滿
樹也是我的
花開花謝　白楊樹
一種極好建材
一首仍然壞詩

馬鈴薯人

天天　天天都在告訴屋頂
我喜歡下雨
我的掌心已冒出嫩芽
他太過年幼
我不敢對他說話
我怕

他學習的一切我都害怕
我怕他學我說話
我怕他問我晚餐的菜色
我怕他問我
在做什麼？
為什麼馬鈴薯

一發芽就帶毒
龍葵鹼　龍葵鹼
溫柔且善良地唸
我的腋下
靜靜地發芽
我的下巴

連難過
都懶得再有表情
我能淋雨
我能綠
只是接我的人
怎能不趁我年幼時來？
我想
他也怕吵
一個孩子哭

蕃茄國

愛過的人組成一個國家
盛產番茄
他們都沒有老
有自己的國歌
我上街
明白沒人記得
我不需要淚流滿面

他們的人口有穩定的成長
不是我造成的
我不明白他們
如何繁衍
莫非我睡著時

有小精靈替我完成未完的事
為愛的人
決定定居
或許我能為他們
配種
蕃茄

愛過的人變成一國
齊聲合唱
他們的國歌
聽著我就朗朗上口
好像那不是我寫的不是
我

絕句

雨滴進另一滴雨

不

要

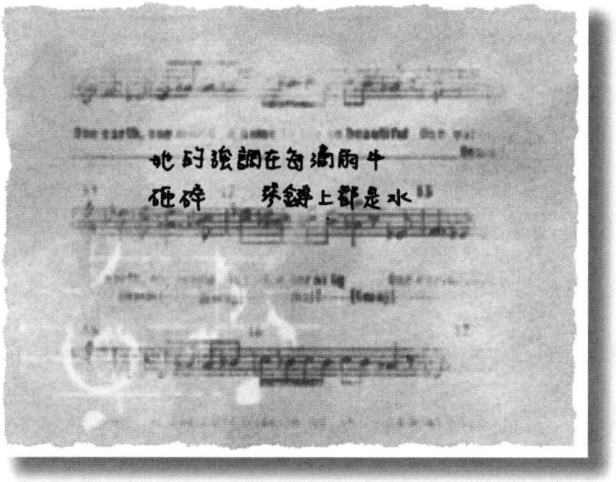

立夏

曬過棉被後
剖西瓜
不很銳利的手指
刺進大紅瓜肉
汁水流出
這瓜不甜

我們拍過西瓜的肚子
聽過西瓜的腹水
但我的指腹裝滿
洗過的碗
獨睡的夜晚
總是滿溢膿水

總是長繭
一雙手粗黃得
像是西曬

拇指繞一道OK繃
味道　令人著迷
像是抱著膝蓋
蹲坐牆角
風鈴都停不下來
棉被怎麼曬都
不乾

自由肉體

下雨　對世界就不再挑剔
就找個人裸相親裸婚
沒打雷更好
所有人都能安心淋濕
花一點錢脫離單身
脫離單身
就能兩個人裸睡
或者旁邊多一個穿衣服的人
變得不知道該買什麼水果
該吃什麼晚餐
那雨你知道
會停
那人可能變得不太可愛

131 不要

下雨就好
再別跟會死的生物
一起生活
伴侶也好寵物也好
都將離開
留下的繼續老
也沒什麼人看得出來
雖然變得不太可愛
多雨的季節走了
少雨的季節來
只知道吃了不會餓
喝了不會渴
睡了會醒這樣
長大到再也買不到合適的衣服
潮什麼的也不在意
淋濕了

就裸著回家
裸離婚

我不喜歡

枯葉落下
黃花開
這時節離家太遠
總在背離時間
想起
上一雙鞋的觸感了
（可見那不是雙好鞋）
但忘記了敵意
時間記得
讓該枯的枯
該開的開

身上掛了什麼
不彎腰去看
小情侶刻的字
已長得很高
還沒有新人再來刻字
告訴我新的名字
我不喜歡

枯葉堆起
要燒我的死去
但我不在
我在時間背後
拿葉子換到該開的花
穿西裝的人說
我不該非法使用贗幣
一棵台北的樹
理應站在柏油之間

深入一個城市
我不喜歡他

這樣的人，沒問題嗎

我養過一對鸚鵡
以太平洋為名
來自雨林
朋友寄養的貓
趁我上班
吃了牠們
我被寄養過一隻貓
朋友討好了他的朋友
他們分手
朋友的朋友帶走貓
我丟了鳥巢
兩隻鳥原來
有這麼多的羽毛

神難道不跟牠們說：
你還不可以死在這裡
祂終於姍姍來遲
祂跟我聊起鴿子
鴿子的胸線
與祂吃過的美味鴿胸
我提起被吃的鳥
與我那天清理的貓沙
祂頭上的鴿子
朝著雲海產卵
我總在夢裡清理羽毛
餵養鳥類

祂說祂要寄養祂的鳥
拜託給祂最好的飼主
不巧，我再也不養

比貓弱小的生物了
即便牠們以太平洋為名來自雨林

花語：希望、家族團聚

當一朵大大的繡球花
也就不黏膩挨著
而全株有毒
一蒂八蕊
能枯死八次

其實不能
我總是叢聚而無性
性喜陰濕
土壤偏酸
花色轉藍
想要紅點
就多流些淚

此時就不願曬
太多陽光
乾燥之後能夠拿來
吊在門上

哞

習慣輸入法這樣
貼心
牠取代所有的他

牛有溫厚的嗓音
沉穩的步伐
有辦法翻找自己
四個皺皺的胃
稱為一種特牛逼的反芻
可以用牛
代替所有的獸

蹄聲科科

牠科科地來
把我的草吃個精光
牠說每個人有自己的累積
我請牠提供小排讓我做成咖哩

牠說要愛
要感謝讚美你的人
感謝呵護你的人
感謝欺騙你的人
感謝遺棄你的人
牠說要等

就讓牠等
等我死了之後再來

秘密場所

荒原死了一群螢火蟲
極光讓烏鴉啣來
一個秘密場所
危險性在於只有少數人
知道如何畫那個門把
那是你的才能之一

才能之二
所有螢火蟲都是假設
全面性的尷尬與全面性的盛大
結巴笨手笨腳下午茶
布爾喬呀，你喝的真的是茶嗎？
優雅地遮住嘴巴的那人

舌根正在抽筋
如同有人拿錢
請他們終身吃下午茶
給螢火蟲看

才能之一
分辨哪些遊蕩的螢火蟲已經死了
哪些又屬於樹的一種和平示威
和平的河
和平做愛　和平分手
是的這才能主要是提到
和平
別再問我干
螢火蟲什麼事

才能之三
每一句話都不懷好意

例如　和平　不懷好意
　　　愛　　不懷好意
　　　正義　不懷好意
鎖了秘密場所之後忘記
忘記自己總是不懷好意

邊呵呵笑邊畫那個門把
秘密場所不適用所有猜測
猜測與遺棄同樣
充滿殺傷力
烙印出荒原片片
腳踩過那些不再發光的屍體
因為你從不關注一個用畫的門把
你總是在意沒畫的門

搶救你不如搶救我

總沿著海
踏著水聲
每一步都在沙上
輕輕陷落
行走有聲的鐘
我又開始用
極少的失眠時間
專心耳鳴
我愛的低搭
將我變成一陣船笛
在冰箱與電腦的運轉聲中
在夜晚的最末班公車駛過的時候
車上只有司機

他專心開車
他沒聽見沒看到
我對他道別
我自顧自道別
自顧自地開燈
「要有光」

一棟漆黑的大樓
有個發亮的小窗
怕黑的人
在等
他行走有聲的鐘響起
他收回過多的善意
穿過選舉宣傳車陣

「就有了光」

頭足類

太亮
我們都瞇著眼
又想起第一次醒著
離開昨天
今天同樣有好多孩子
正在出生

這是我們的海
我們盜採砂石
沙灘上的蛤殼被留下
時間在那裡面
只是太亮
遠方漁船的燈

正在誘惑
我們怕黑得狠

潮也漲過了
看得到風在沙灘上走
時間仍收在一枚
不反射光的蛤殼
怕黑得狠
有些我們決定發光
或者偷偷長得與公車一樣大

跟我一樣大
我的眼睛構造複雜
最大的我有世界上最大的眼睛
總愛瞇著眼
曾有個我們這樣說：
絕不因為膽小，浪費你的墨汁

我不近墨也黑
我也愛吃三杯中捲

應變

他們一一離去
我學會操作洗衣機
如何煎一個半熟的好蛋
如何煮一鍋彈牙的好飯

我以為世界
總是一塵不染
值得他們離去
我才知道排水口的毛髮
也得自己用手抓起
不掃不擦
會積灰塵
沒事就想到

是不是有什麼還曬著
收不回

去傳統市場
與大嬸討價還價
蒜味沾在手上
難以洗去
檸檬其實不該太貴
好想知道
他們都用
哪種醬油醍醐我的食慾
搏杯問問
好想知道
有沒有一種叫做
笑杯的醬油
與他們的離去一樣
使我餓極

我應變得瘦
但卻一胖再胖
一個易胖的餓鬼

他們走了以後
我隨身帶著神茭
凡遇事必沐浴焚香
跪拜求問

歡迎來到

海是自己來的
沒有濤聲沒有浪
樂於失語
即是躺
也淺淺而漂
人的頭髮開始生長
有人的頭髮終於開始生長
毛髮是一種特徵
我們終於要開始哺乳
遮住恥毛
並發明幾個字
開始恐懼失語
無法不帶著手機

把一些動作用原地跳躍代替
比如唱歌比如等待
我相信這必能終止某處的戰爭
因為我身在蝴蝶王國
擅長蝴蝶效應
開冷氣極為小心
並對搖扇子充滿期待
某處的乾旱
就要因此解除
某處的田
就要豐收
為了市場價格
就來處分過剩農產品
海就要有浪就要說話了
我不帶手機不把它丟進海裡
我袖手旁觀

我長頭髮代替哭泣
樂於失語
興趣是收集寶特瓶
所住的地方有三成的糧食自給率

詩的割耳膜症候群

齋戒後把耳脖子
洗得特別乾淨
只用耳朵去接月光
一碗悠揚的耳鳴
能泡開座敷童子的信
展信　看見搓手搓腳的蒼蠅
家徒六壁張開眼睛
台階與台階間刻著笑臉
青牛騎著鄧麗君
要一首蓮花落在地上
變成半個泡泡

裂縫在所有物體上張開
黑光裡有瞪視的監牢
伸出冰涼的手指
沿著你背脊一節　一節
一節　一節　緩慢推演

薑看著你　湯看著你　魚看著你
對著這碗魚湯忽然感到歡喜
死也有其觀點
燙著你所有髮根
竟都有些　暖意

記

害怕紅色
向晚轉瞬逝去
黑夜來得毫無懸念
害怕紅色
樓梯間有滅火器亮著
某人的舌頭被酒泡大
深喉嚨
害怕紅色
穿紅T恤上頂樓
扶著圍牆往下看
七樓的遮雨棚上
有貓的屍體
臭味證明

那肉曾經活過
害怕紅色
我伸出手指爪生長
黑夜來得毫無懸念
它就住我隔壁
有酒釀大舌頭的某人
砸爛了滅火器害怕紅色

黑夜來得毫無懸念
白晝住在　另一邊

寒食

牙印我的手臂
但沒有流血
沒有瘀青
脫下衣服來看
幾條虛線就代表了關節
數個痣代表我明天是否摔跤
是否剋父剋夫剋子
是否適合戀愛
適合相親牙印
在手心在肩膀
在臉上

汗毛仍痛牙印就開始消失
我一呼吸就開始老
肉身在地上壓了個印
印坑前立一顆斑駁的門牙
刻名字　貼照片
一身惡寒僅供為餐

激凸的男人

衣服

衣服一但褪色
就變得好穿
變得吸汗
更加地像我的皮膚
不再摩擦我的脖子
有人想我
我就留一件給他

衣櫃

不藏任何人
只有貓在裡面

一整個下午
他不需要其他東西
就像他不在裡面

男人

當知道如何不勃起
得不合時宜
就該擁有一套適合面試的好西裝
可能腋下倉皇失措
可能乳頭明顯有話想說
下次就記得先穿內衣
試著用點花露水
再不然還能試著
上生產線
跳樓
據說公司會養活我的家人

我有三個地方能夠勃起
我精緻得使我相信
我有幾個自己的孩子
或貸款中的房子

冷處理

你只帶走
所有書皮
膠裝的書背露得
俗氣
此刻她們仍安分地
挨在進口桃心木典雅極簡風書櫃裡
有玻璃的那幾格
怎麼像起了賣檳榔的密室
冷風將她們的骨架
摸得一清二楚
不再精裝的西蒙波娃
在床上一絲不掛
從眼神　到腳趾

但你主張　她從未有過這些東西
勃起得　很有說服力
一個割過包皮的小將軍

你帶走所有書皮
這跟我沒什麼關係
我是向你道謝的
資源回收工作者
一本再生紙電話簿

我又再度依戀上昨天

我不再寫信
我看到
郵差換人了
你養的柴犬不喜歡他
信件開始從遠方
被拋置在你家屋頂
下雨　出太陽　下雨　出太陽
一窩燕子住了你的信箱
又是春天了嗎？

我在微雨的路上
看見郵差
不是送我的信

而是送廣告單帳單通知單
告訴你有關於春天該吃什麼
在春天向你收帳
要你　去一個廣場喝酒　唱卡拉OK
出太陽　下雨
人們愛　拱你唱歌
我爬上你家屋頂
聽得見喧鬧如歌
柴犬　對我搖尾巴
又是春天了嗎？
燕崽子很餓
與回憶　一樣孱弱

所以我不再寫信
我在你的屋頂
下雨　出太陽　下雨
生幾株佛甲草

葉片肥厚　葉紋單純
抗旱

案：
題目借自Tizzy bac樂團的一首歌〈我又再度依戀上昨天〉。

與別人養的貓

這天貓開始發情
開始噴尿到處
味道　像襪子
叫聲變得曖昧
背毛與尾巴在磨蹭時發抖
就像冷
像牆上的鑰匙
像不在牆上的鑰匙
太胖　無法被結紮
就買貴而健康的罐頭
就和水　就不說話

貓　貓　貓　貓

一管水槍
一管吃飼料的水槍
一管減肥的水槍
一管睡著的水槍
好像所有的腳都臭了
總共也只有八條
沒有辦法知道
桌子也臭了
椅子也臭了
爪痕不只是貓的
給貓吃過紅豆飯後
帶他出門
因為今天
沒有雲
我可以假裝提著一袋晴天
去結紮

聽力練習

他開燈的時候
他的燈會說燈燈燈
我聽見樓上
性器交合的聲音
音律屬於星期四與星期三
倒牛奶進杯子
咕嚕嘟嘟嘟嘟嘟
D大調　有兩個升音
星期二倒果汁進杯子
吸吮著喝
b小調

他每次刷牙三十分鐘
一秒不少星期五曬棉被
下雨則穿雨衣洗車
帶小女兒回家
上上禮拜最後一次幫女兒洗澡
聽不見他刮鬍子了
他是個開始打赤腳的好人
他話很少只是喜歡吃瓜子罷了
以為我不聽音樂
幫我提垃圾時總不忘交換親切的一瞥
我聽到他翻找我垃圾的聲音

他實在算是個好人
做愛時盡量保持安靜
而且也喜歡我養的兔子

日鎮

你走了
日子仍是沉重的
每張都浸濕　無法分開
就像另一個你到來
我牽他的手
冷得發抖
好好一支舞跳得像爬樓梯
衣服濕透了
沒有浮力
每級階梯　都太過脆弱
你曾將它們修過
它們不能再碰到水
或者眼淚

當你化成蚊蠅回來
別試圖以牆上的血跡告訴我
別奪走你的死
讓你的死進入我
我早已暖好了
餘生

尋年啟事

——牠不高，一百五十公分左右，不胖，約六十公斤。有點蛀牙，出門時帶著好多紅包，僅穿一件灰色大衣。請好心人幫幫我，帶牠回家，本人必有重金致謝。請發現牠的人聯絡喵球，喵球沒有錢。

好些年過去
仙女棒息絕了
我撿到的小年獸
吃糖　帶牠看電影
教牠吃西餐
補習英文
每年都走私煙火嚇牠
「我們國族的年都走了」牠說

牠早已習慣人人持槍
美麗的煙花嚇不倒牠
牠再也不能長大
永遠都得是　小年獸
生活品質會穩定上升
是牠流浪的關係
我在身上綁滿炸藥
問城裡所有遊民
「你是不是過不去的年？」

觀夜者

與整個城市共享一個紅燈
同一種感冒
吃同一種藥
淋同一場雨
共度同一串雨後的陰天
陪同一個傳播妹聊天
嫖同一個保險套
戴一樣的眼鏡
在同一個馬桶上看不同的書
意淫不同的物件
有個單字：不以生育為目的之性行為
令人厭倦且老忘了拼法
能否幫我知識加？

我厭倦城市老不天黑
在此滿懷愛意地宣佈
從今天起我就是一頭夜行性哺乳類
黑夜並非奪去我的光明
而是賜予我整個城市
溫溫吞吞的黑暗
很乖，未被霓虹污染

聽說所有詩人都有自己的月亮
我也寫詩我也好想有一個自己的月亮
衛生紙團大小也就夠了
青春痘大小也就夠了
不要驚動嚇醒那些焦躁怕光的
人

我決定收回全部的愛

ㄅ

死魚在空氣裡游
視線如同腥味
造作你說你太過敏
對海鮮特別過敏
對不新鮮的愛
尤甚不如我們來幅
剪影素描吧但
所有筆都受潮羞羞
所有紙都變成
空白的拼圖
啊！只好我們來啃
那幅聖母的油畫

ㄆ

嘿這畫裡的聖母
眉頭深鎖原來死魚
就在她的襁褓之中
但水痘起滿了你全身
你說只是過敏
難道你沒起過水痘嗎？
不如不要討論這些
你和我　一起想想
畫裡的死魚在味道上
跟畫外有何不同
但水痘的水位很高
我們　除了咕嚕之外
僅能用力撥開漂蕩的彼此

ㄇㄈ

杯子跟盤子浮起來
打到了你的頭
與你最愛的大衛像
碎片緩慢地飛散
但你的尖叫並未阻止這些
任性的大衛赤裸肢體
橫陳慣性於你平滑的
肚腹之上這下可好
你的姿勢真有些像胚胎
我學不來這令人厭倦的蛋白
我們住在一個蛋形的水痘裡
好吧我來喝水你就繼續過敏
好吧

你踢開門與水流出去
所有腥味落到地上來

我決定收回全部的
愛

致乙軒

自營商

有一架輪椅在公園
孩子像雞蛋滾下滑梯
翹翹版突突跳著
秋千盪得老高
沒人靠近那架輪椅

孩子餓了決定全部睡著
滑梯舔晚霞
秋千落下巴
翹翹板把燈一盞盞打亮
有架電動輪椅在公園

有架電動輪椅在公園

不動一整天
不要看他不要跟陌生人說話
不要亂買東西不要買好貴的東西
跟他買東西的小孩都會被抓走
他的東西都是螞蟻做成的
前天小毛說看到他在指揮螞蟻
他都不動也不吃一定不是人類
對啊就是說啊
他只是一台輪椅
上面的糖果口香糖餅乾說
這就是人類所謂的殘障

抑鬱症

（畫了瓢蟲
畫了眼睛
年月不詳）

總懷疑醫生在你手裡種蛇
左手右手互相
畫蛇於手
陶醉於自己被抽的血
渾圓而紅

（一九九六年六月畫了月桃）

你隨天氣搖擺
畫作開始扭動
深吻瓢蟲
賣掉眼睛
沖掉星星月亮太陽
塞住你的馬桶
還有好多齒輪
垂吊在用來
擺放心臟的架子上

（一九九七年十一月畫了向日葵　滿天星）

你說孫叔敖是你的前世
從未放棄放逐手上的血腥
前進到一座森林
靜靜躺著
寫一些預言

寫在左手的算式比右手笨拙
長在左手的蛇頭比右手乾癟
你是一個8字形的蛇環
夏天東方的星座

抑鬱比你的經期更像神諭
聖痕在你袖下斑烙
對世界的速寫

（二零零四年七月畫了他自己）

左撇子

找一個沒有影子的人
將皮肉換予他
經血在他腳下流動
他走的時候
牆邊就坐一具骨骼
翹小指頭喝即溶咖啡
白色的手指骨
興許還夾根黑色的菸
午後漸弱的陽光
穿過肋骨之間
影子，像一些左手寫的字

191　不要

左撇子的他
用右手擦屁股
也用來試探生理期
他走的時候
影子又細又長
連往某人的子宮
他會用左手撫摸某個乳房
造幾個字
放進對方的影子裡
哪天想到的時候
舉起左手揮別
你才發現，原來他就是個
左撇子

兒童餐具

這地方有的是　溫差
每天清晨窗上曬滿露水
陽光支離難以察覺
麻雀交頭接耳
討論一個孩子背書包去上學
有人打碎所有玻璃

天氣極好
咪咪花一整天嚎叫
盆栽都別頭向陽
可怕的永遠都在打破的玻璃製品
孩子帶一張滿分考卷回來

兒童餐具難以打破
能夠一摔再摔

晚飯　還沒煮好
一個餓了的孩子
從不讓父母操心

記洛可可風音樂盒式骨灰罈

所有白瓷都應是妳的降生
妳的雙腿
是一張豎琴
也是妳身上的弓
妳旋迴而銀絲帶就
輕擦過每個人的耳垂
只有我仍穿著大衣
只有我偷偷親吻過湖面
妳就說妳最喜歡耳垂
尤其是需要冰敷的

桌是家裡長久的陰天
冷綠地舖陳

薄冰的湖面
妳成了湖上的天鵝
冰絲在妳身旁飛舞
落下的幾克拉雪花卻是
鑲在妳左胸
的一槍。

旋迴少不了配樂
配樂霸佔了時間
著手細膩如同肌膚且冰
清楚記得
妳眼角底缺口
是遭淚刻去
又留下更多塵埃
仿佛很久沒人回來說
「妳是我最愛的音樂盒」

娘仔

月亮
整個城市抬頭
好像要吐出絲來
帶你的愛人來看我
我要說關於桑葉
裡面有些寶寶
他們無法碰水
一流淚就能　殺死自己
童年
除了吃胖就是蛻皮
羽化後並不飛
一生都是白色

帶你現在的愛人來
小時養膩了的殘寶寶
現在都在那兒
還不怕水了
下雨仍能嚼食桑葉
也可以不是白色
他們都住回樹上了
一棵老桑樹
桑椹都已結好
你與你的愛人都吃吧
寶寶還是白色
不會忽然不見
不會因養膩而遺棄

帶你愛著的人來吧
我很久不煮蠶繭了
從嫁衣完成那天

蠶蛾就會飛了
藉著月光我看見
寶寶　偷偷打扮自己
我無力大聲稱讚了
帶來吧

因為只有我
偷偷養著蠶
所以帶你的愛人來
我會用臉去迎月光
好像
就要吐出絲來

養殖

與水有關的事物
默默透入
日曆變得難撕
浮塵裡沒有光
不再說話
發霉生出綠毛的蘋果
也開始需要醫生
一個穿白袍有消毒藥水味的人
一個會用英文草寫你名字的人
只是這樣的人　與水無關
門也沒關
乾燥的手與橡膠手套
撐深了喉嚨

畢竟不是嘔吐的季節

確認無藥物過敏後進入
不免要蒔花弄草
不免要階段性記憶喪失
所有會的食譜
所有食物都
擺在身上
是這樣的：他不正愛著你？
坑有兩個指節深
水氣夠　就能發芽
水氣幾乎就像是愛了
但從沒有想起來
他與水無關

牧人

我牧者牧著我的羊
我拄著哀愁
牠們吃我顳頂輾過的草
在每個人的燈下睡覺
我與星座交合
生下新的牧者
讓他愛那些羊

〈我牧者牧著我的羊〉
雲跌在地上
我捏成羊
雨落在地上
我埋成草

我宣布我的神諭
我是最親近星星之人
牧著對長大的適應不良
終生戳找星座

遺書寫於十歲：
兩眼捐給月亮
口給河　耳給海
剩的都給羊
太多獸的殘留
牧著我的羊

〈我拄著哀愁〉

有多少詞語
就有多少羊
語言令人駝背

對優雅總是一籌莫展
牠們同情我的角與羊腿
牠們對我說：咩！吃草吧
吃草吧潘恩
我拄著畜牧業
看燈火下的金蘋果園
聽笙歌夜夜換新

〈牠們吃我顢頇輾過的草〉
季節狂歡我的四肢
使我無法留在沒有時間的樂園
我是草的時間
牠們無法嚼那些沒有時間的草
時間就是溫柔
我看見我回不去的地方
時間是放逐
羊羔都跪著吮乳

我也曾跪著嗎？
我的羊腿不說

〈在每個人的燈下睡覺〉

燈高高在上
燈禁不起誘惑
燈越來越冷
牠們點冷燈蓋羊毛毯
夢到牠們的角
裸露的角
便知道把三點包得更緊
但有些羊裸睡學我
受了風寒　成了露水

〈我與星座交合〉

星座是非死即傷
在時空彼端展示的化石

她們的時間成為露珠
裝滿註定的神話
一再降臨
她們經過我的軀體
成為羊要的噴泉

〈生下新的牧者〉

他經過我的眼
流出我的淚
他知道我許給每頭羊的語言
他會看著我越來越羊
他會聽到我每句話後面都加咩
他要柱著他自己的哀愁咩
長出他的角咩
他會牧我到河邊咩
給我一盞燈咩

〈讓他愛那些羊〉

一格格灰色的都市羊都懷疑，特別白的傢伙是狼；裸著上身的是狼；長著角的是狼。牠們睡不著時互相數，永遠都數到咩就睡著了。

牧者，滿是羊騷味，也試著灑點香料，居然像極了羊肉爐。

臍肚

眼

肚臍眼

一

記憶的源頭是一場夢，一匹「迪士尼」風格的小馬跨跳過牧場的柵欄，而後孩子在閣樓的臥房裡醒來。他的神色茫然，但不惺忪，身子下的觸感很陌生——不是稻草，手上的小毯子邊邊有一個個揉捏出來的指印，他看著自己的手腳，找不到蹄子。嘴邊跟右臉頰冰涼，他伸手抹了一抹，有個聲音告訴他：那是口水。聲音告訴他首先要將雙腳伸出床邊、接著輕輕地下床，因為小閣樓的木頭地板會發出很大的聲音——那會嚇到他，還告訴他樓梯應該一格格地走。攀爬下樓梯他看到兩個老人親切地呼喚他，似乎在說些什麼，那聲音說：這是你的阿公、阿嬤。你是初生的幼鳥，撲到阿公的腿上，他一把將你抱起，阿嬤笑著接過你去梳洗。安心的聲音說，牙膏很甜但是不能吞，只能偶而吃一點點。

洗臉刷牙後的你坐在椅子上，開始觀察這個「家」，你發現到處都有符號，聲音說：「那是字，你可以讀它，你知道該怎麼唸。」於是你唸出了日曆、報紙上的文字，阿公、阿嬤都放下手邊的事情，並且顯得相當驚訝，他們又驚又喜地讓你繼續讀一些其他的東西，但，這絕不是因為你的咬字稚嫩如同彈跳的葡萄果凍。阿公很快地出門去了，阿嬤則開始對一個小桌子上的木偶拜唸著，聲音說：那是「神明」，他們不吃飯，吃「香」。不一會阿公帶回來很多人，你聽到他高亢地嚷「真的！真的！」聲音起初還告訴你那個是對面賣紅茶的阿婆、那個是賣便當的鄰居，但是你越來越聽不見了，不過沒關係，人們要你唸的字你還是會唸。大家安靜了一下，馬上所有人便鼓譟起來，你隱約聽到阿嬤說「他還沒上過幼稚園，真是祖宗……」你聽到更多的是每個人不停問你的問題「弟弟今年幾歲啦？」你不知道該怎麼辦，但沒人注意到，大家都很開心，不時就有人問你「幾歲啊？」你一直等不到那聲音，便賭氣大喊「不知道！他還沒告訴我啦！」所有人都大笑起來，你憋紅了眼睛，覺得很吵，眼淚滴下來。聲音渺茫，但你聽到他說「你可以這樣哭……」你順從地抽搐起來，這是你最後一次聽到這聲音，日後你想起，總覺得是肚臍在教導你。

或許你是個經常被欺負的孩子；是個愛哭鬼。但你有一個絕對安全的秘密基地，你的小閣樓——它被分成兩半，一半是你跟阿公、阿嬤睡覺的地方，一半則放著一張有兩個抽屜的矮書桌，它只有你的一半高。你知道一個抽屜裡面放著一本「理工」，那本書到處都是汙漬，皺且脆，你用力一捏便可片下一角。裡面雖然雜有幾個你似乎看得懂的字，但你知道它們的唸法跟你想的不一樣，其他大部分你是完全看不懂的。你拿去問阿嬤，阿嬤說那是日本字，便催促你去外面跑一跑，曬曬太陽，你又問書上你唯一看懂的三個字，阿嬤說：那是你老爸的名字。阿公不喜歡你待在閣樓的書房裡，打從你去問阿公為什麼牆上要貼那些圖片，而且她們都沒錢買衣服。你納悶阿公怎麼那麼生氣，他平常都會去租一捲三十塊的卡通來跟你看，那天卻自己看午間新聞；你也注意到阿嬤總是在沒睡午覺的時候，坐在書房的門口對著陽光裡的浮塵抽黃長壽。後來你便常常找機會，跑進那陳年的灰塵裡。

另一個抽屜總是鎖著，你很多次想打開它，不光是好奇，還因為你藏在另一個抽屜的「小叮噹」漫畫已經滿出來了。那天陰陰的，你正在跟阿公一起看「唐老鴨與小松鼠」還沒看完便下雨了，你想去看看你的「小叮噹」，發現阿嬤的煙還沒抽完就睡著了，你把煙熄了，輕輕地走進書房。你習慣性地拉拉鎖著的抽屜，發現拉得動，你看到裡面有一節用過的「撒隆巴斯」還有一盒沒用完的。

有一段記憶如同一座孤筏漂在他的腦海裡，那段記憶很突兀，自他懂事後的記憶都是連貫的，只有那段，像一塊胎記點在那裡。一個年輕的男人帶著還是嬰兒的他，他的肚臍上貼著撒隆巴斯，他們坐在火車上。孩子因為肚子涼涼的所以很有精神，男人則心不在焉地看著車窗，孩子撕下肚子上的藥布想吸引男人的注意，男人則只是將它貼回去。孩子開心地以為這是一種遊戲，玩了幾次，男人也不理他。孩子自己撕、貼藥布，覺得這是有趣的玩具，便寶貝地貼在肚子上，再向男人索討盒子裡沒用完的，男人拿給孩子。不久，火車上有節奏的鐵軌撞擊聲讓孩子睡著了。醒來時，孩子看到傍晚的藍色吃掉紅色，月亮已經出來了，他躺在熟悉的門口，只有自己，手上緊抓著沒用完的「撒隆巴斯」，肚子涼涼的。他看著月亮直到她變成銀色，便嚎啕大哭了起來。這記憶被遺棄在他的生命中很久了，他總是試著想像關於它的前後，但是沒用，那只是一塊突兀地貼在肚臍上的藥布。

經過這些日子，你已經不再思考關於馬蹄與牧草的事，但你開始思考關於肚臍。關於肚臍，你了解得不多，你知道那裡面偶而藏有黑色的污垢，你知道用撒隆巴斯貼肚臍可以防止暈車，那是有次去新竹玩的時候阿嬤教的，那時的阿嬤不停地揉眼睛說她在流眼油。既然阿嬤是阿嬤，而你不是馬，那麼你的肚臍另一邊應該曾有個人，某次看電視的時候你這麼想，並且終於推測出自己應該有個「媽媽」。媽媽，跟爸爸；阿公與阿嬤，你們都有肚臍，於是你問了：「阿嬤，我的肚臍是從你那邊來的嗎？」阿嬤笑著告訴你，你是撿回來的。你又去問阿公：「阿公，爸爸的肚臍是從阿嬤那邊來的嗎？」阿公生氣了，不說話，這時你知道阿公不喜歡爸爸。某天你聽到阿公在跟叔公說爸爸的事情，你知道爸爸真的是撿來的，而且爸爸跑不見了。

有段時間他經常夢見長髮，如同是成熟的徵兆，他猜想自己一定喜歡長頭髮的女生，而且不是那些臉上髒髒的玩伴。成熟的女人，就像某天在家附近遇見的那位，死盯著他的女人，長髮及腰並且讓他一直記得。日後，在夢境、回憶中，這女人一直癡癡地望著他，他經常夢到女人跟阿公、阿嬤各拉著自己的左右手拔河，女人總是先放手了；或者只要他一哭，所有人都會放手——他一個人墜地碎裂。他再度夢見小馬，柵欄的另一邊有個長髮的背影。

所以，你應該也是撿來的，但是每個人都有爸爸、媽媽，所以，你應該還是馬，是一匹從牧場逃脫又被撿到的馬。你的馬蹄跟牧草都掉在夢裡了，所以才會被爸爸撿到，爸爸不喜歡媽媽給你的肚臍，把它用撒隆巴斯貼起來以後，把你丟給阿公。阿公跟阿嬤喜歡你的肚臍，所以把藥布鎖起來。肚臍你已經不再說話了，但你看起來總是嘛著，總像是失落了，結痂剝落後仍然凹陷的傷口。但你，不由自主地喜歡肚臍的觸感，比耳朵或小鳥鳥的，更加喜歡。

二

一條舊浴巾，它是青色的但它原來應該更綠。這應該是你第一個玩伴吧，用食指拇指中指滑捏過它散脫的毛邊，你不記得這是什麼時候開始的，但你確實記得，很多很多個下午你就在光與浮塵之後，做這麼一件事。你就像用手在走一個永遠沒有終點的迷宮，擦頭的那邊、擦身體的那邊、擦手的那邊、擦腳的那邊，你用手走在那散脫的邊緣，一圈又一圈。走到哪都帶著它的你，走到哪都受到稱讚，因為你那除了毛邊什麼都看不見的專注，在很多個發光的時刻治癒過很多大人。這使你經常披風著它，這樣讓你感覺它，抓了很多風在背後推你，在田間，所有作物會因為你跑過而輕輕地招手。是的，幾乎可以說，你是愛它的。

有一次，阿嬤幫他洗澡的時候說：「阿鳥仔舉那麼高幹啥？想放尿嗎？」在那個需要人幫忙洗澡的年紀，想必他是沒聽過那個看了女生裸體會變成石頭的笑話，但也注意到了那個不聽話的部份。從此每當變成石頭，他還真都去廁所，等那孱小卻需要用力下壓對準馬桶的小鳥噓噓。他不知道哪邊不對，阿嬤問了他，所以阿嬤也不知道；那阿公呢？問了阿公會不會就要去打針了？他邊想邊在床上摸著浴巾邊邊。有次他真的生氣莫名，用力地槌了石頭幾下，越發痛得趕緊往浴巾最好摸的那邊蹭。這時，石頭竟是順從多了，他緊抱著浴巾，慢慢地揉揉疼痛處，不知道什麼時候石頭一陣鬆解，融化如一股緩緩流動的擁抱。他趴著睡著了。後來他習慣了趴睡，墊著他最愛的浴巾。是的，可以說，他是愛它的。

該說你最愛的浴巾，就是你的石頭割破的嗎？你抱它的時候忍不住穿透過它，穿透過你，你有點喘但你好了；它慢慢地脫線，破洞，破洞間牽著線，線又脫落。它褪色且越來越小，終於在某天，它變成了全新的另一條浴巾。你沒去問阿公，沒去問阿嬤。這是首次你接觸到罪惡感，當然還沒上幼稚園的你，是不會知道也不一定記得的。

那次，他最喜歡的奶嘴被隔壁的叔公丟到水溝，對著水溝嚎啕大哭了一上午，最後叔公受不了，帶他去買了一台遙控車。這實在不是種好的安慰法，他一開始也這麼認為，但看見那帥勁十足且不需要用手推就會跑的遙控車，隨即覺得為什麼堅持要那個最喜歡的奶嘴呢？其實他知道奶嘴是怎麼也回不來的，他只是想好好地大哭一陣。第一次看見遙控車，第一次隱約感到，有些東西看似不可取代，卻在見識增加之時隨即被歸類到那個被遺忘的抽屜裡。遺忘比記憶更逼近長大。

【跋】如果仍然需要故事

我經常回想，一切是怎麼開始的，以免我忘記，但我沒想到那些忘記了的，我根本無從回想起。

你在國中時讀的是所謂的升學班，沒有體育沒有美術，只有所謂的跑班，如果阿嬤不在那時過世的話，你大概會照著那樣的升學體制一路順遂地走。你不會知道社會最需要的不是憨直、不是老實，而是觀顏察色、逢場作戲。大部分的事都不是那樣地單純，甚至少數令人感到真實的霎那也有一半是在當時氣氛下所受到的暗示。你偶而也是懷念的，懷念那段只要把書唸好，只要把考古題作好，其他人情世故、生活情調可以全然不管的日子。但你已經無法迴避，看到了阿嬤的死去，聽到那些從未謀面親戚們太過大聲的議論；還沒來得及為了永別而哭，你已被氣氛與那些議論逼哭了，有些親戚一起欣慰地點了點頭，稱讚你哭得好哭得動人哭得孝順。這冥冥定了，你要開始寫你寫不完的詩，即使你不想。你仍是考幾個滿分，要去過你單純的少爺日子，但你發現除了阿嬤之外的人都習以為常了。你的優秀從來跟你的自覺無關，原來是為了那張對每張考卷都笑滿皺紋的臉。這次，你一直無端想起——那個用來遺忘的抽屜原來也有滿的時候。

我不知道，父親開始賭博的時候我不知道，父親的車被收去的時候我不知道，我去接爛醉無法回家的父親時扭到的腳踝往後要沒事就痛。我不知道，原來阿嬤對於一切的忍讓，足以支持一個家的美滿。這個家開始龜裂，裂痕隨著我的青春期與叛逆期走到學校、走到我認識的每個人身上，我變成怪怪的人，有人開始說我「想太多」。我老哏地自閉加上自殘，高中的大多數時間，我都是趴在桌上過的。反覆地反覆地想起魯迅所寫的「在黑氣中發光的雙眼」，我把身子極盡可能地縮，不想讓人發現身上乾涸龜裂的縫隙正鑽出絲絲黑氣。我不敢想我的雙眼是否發光，但我知道黑氣太黑了。

你的母親也開始喝得回不了家了，通常她與父親輪流，但如果是同時，那你也就沒得睡了。幾次你索性縮在床上，母親有時候發現，有時候不。發現的時候她會順口問「你今天放假嗎？」你會回答「我生病」，母親便回頭準備上班，就像一切都很正常。有次，你背著爛醉耍賴的她上樓，她將你的脖子往地上一拖「我不要回家！」彷若骨頭刺穿背部的疼痛讓你流下眼淚，你哭著咬牙將母親揹到她的床上，然後自己就在客廳的地上躺著，不久後父親醉著回家，沒發現你逕自去睡了。過一陣子，你終於能夠站起，回到床上，等母親來問你「你今天不用上課喔？」「我生病。」本來連哄帶勸的你，面對喝醉的人開始面無表情，只能勉強不表現自己心裡的厭惡。你在學校趴著的時候，腰總是不住刺痛，痛的時候你想起阿嬤，眼淚自己靜靜地流下。不久，你裝作不好意思地起來，假裝桌上那是灘口水邊抹嘴邊擦掉。

我的筆記本上，出現一些奇怪的詞句，奇怪的點在於那是我的字，我卻不記得是在什麼時候寫下的。從簡單的「去死」到「今天的紅燈也充滿惡意　騎車宜全速前進」，再到「雜草方鑽破黑色的柏油路／一生都在高速駛過的車底存活／這裡禁止停車、轉彎／沒有斑馬線／紅綠燈總是狂亂地跳著／黑地裡的一株草」當然絕大多數是意義不明的囈語，而我不可能與別人討論，我害怕別人問「這是你寫的嗎」。為了看懂更多我自己的筆記本，我開始主動接觸更多詩與文學作品。而後，開始試著寫，因為我發現只靠讀太慢了。他來得越來越頻繁，而且知道我許多許多事，他知道我看見東西，是看見該物的毀壞；看到一個人，先想像他痛哭崩潰的模樣。他知道我隨時都像弓背豎毛倒退的家貓，看似充滿攻擊性，其實根本不敢運用自己的爪牙，只是對著來往經過的人嘶嘶低鳴；假裝被注意、假裝被小心防範，假裝被迫害後擺出一副可憐兮兮的模樣。太中二了。

你也不是沒想過這個家改變的原因，只是不久前還在阿嬤呵護下的你太過幼稚，只能想到父親母親只是跟朋友玩得比較瘋，或者是排遣憂傷之類的理由。後來你也習慣了，反正總是半夜被叫醒，不如醒著白天再到學校睡。然後在一個翹課的日子，有警察到家裏來查戶口，你走進父母的房間取出戶口名簿，警察問「這兩位是你父母嗎？」，你才注意到這名簿新得過份。這時，就算是你也推測得出「大概離婚了吧」這樣的結論。你才去想，為什麼她們總是分開喝，為什麼她們不互相去接送。過沒幾天，母親帶了一個面貌清秀的男孩回來，對你說「這個姐姐家境不好，以後她要住在我們家，你把她當成你的姐姐就好。」這個姐姐頭髮有時比你還短，你感到很不習慣，你不知道該跟她說些什麼，她也對你沒什麼興趣。因此，你能待在房間就待在房間，能待在外面就待在外面；不久，因為姐姐睡在母親那間，父親便跑來睡你的房間，你能住在朋友家便住在朋友家了。

我從小就經常去同學家玩，因為成績好，邀請我去玩的同學可以得到與模範生一起玩的印象，我也就很明白討他人家長歡心的那副模樣。後來，我經常這樣去住我高中好友的家，那時我只有這個好友，因為我們都很早就認識皮卡丘。他們都不很清楚我家的情形，只是當成我經常去玩得太晚而收留我，他母親曾經感謝我經常拉著好友往外跑，讓他變得外向了些；其實我才應該感謝他們。我喜歡他們家晚餐總是自己煮，而且開飯的時間非常準時，可是我沒跟他們道過謝，因為我怕他們發現其實我是逃避自己的家，居心不良。

你那個年代，「蕾絲邊」、「T」這類的名詞尚未普及，就連男同志也還是

《孽子》中的特殊名詞。但是某天深夜，你被父親大喊「我要殺了你們！」的聲音吵醒，你衝出房間，看到搖搖晃晃拿著菜刀的父親正要慢慢走往母親的房間，母親在床上哭泣而那個姐姐在一旁拍著母親的背。父親對著傻住的你說「快看！看這兩個同性戀！」隨即又舉刀上前，你反射性地從背後抱住父親，輕鬆地就把爛醉的他拉倒在地上，將父親拖出母親房間後，你心想這真是意外地容易。父親又搖搖晃晃地站起，舉刀對你說「走開喔。」他的雙眼滿是血絲，但聲音與表情卻帶著笑意，這宛如電影的場景讓你因為腎上腺而全身發抖。你主動衝上前抓住父親的手，輕易地就奪走他手上的刀，太容易了。如果是電影或者電視的話，你應該要在掙扎打鬥中被意外刺中或者劃傷，然後大家都冷靜下來，可父親只是笑著說「好，我改天再來殺！」邊搖搖晃晃地走出家門，你丟下刀子將鐵門反鎖之後頂著門慢慢跪下，樓梯間還傳來父親「哈哈！同性戀！」的嘲笑聲，就像在孩童間霸凌時那種天真的惡意。確定父親已經離家很遠後，你慢慢地站起，母親的房門不知何時鎖上了。你躺在床上，全身不住顫抖，什麼事都沒有發生，沒有人流血，沒有人受傷。不知道過了多久，母親的聲音傳來「你今天放假喔？」你裝睡沒有回答。

父親很少特地正經八百地找我坐下來說話，那天他要我慢慢地聽他說完，他以一種要說出人生最大秘密的口吻說「我跟你媽離婚了」。他跟我說因為他欠了些錢，為了不連累我跟母親，所以先離婚，如果接到有人打電話來家裡找父親，一律回答父親已經很久不住這裡了。後來我果然多次接到電話，有的很兇有的問得很詳細有的掛掉電話之後不久就出現在家門口，不久我說謊的音調與神情已經得心應手。而且因為習慣說謊，回想起父親提起離婚時的樣子，真是太拙劣了，而且往後他在隱瞞什麼時，都是那個樣子。太拙劣了。

你很感激那些願意持續說話給你聽的朋友，不管是發洩式的抱怨或者深沉的令人傷心的事。你在朋友眼中，變成宜於聆聽的那種人、好人、令人安心的人、小天使……這讓你感覺你跟父母不一樣，不一樣，不一樣，你是獨立的。

這個故事，我說給阿流老師聽過，她是第一個讓我感覺可以說這件事出口的人。我會一直記得她聽完後以一種聽到好故事的語調說「你天生就有創作的背景！」就好像那是我的財富一樣。為了有我的詩與阿流老師的序的這本詩集，我願意將這個故事再說一次，並且紀錄下來。謝謝讀到這裡的人，你們相信而買的詩集是一個晦暗又中二的傢伙寫的，而且與阿流老師一樣鼓舞著這傢伙。

語言文學類　PG0649　吹鼓吹詩人叢書13

要不我不要

作　　者／喵　球
主　　編／蘇紹連
責任編輯／鄭伊庭
圖文排版／鄭佳雯
封面設計／陳佩蓉

發 行 人／宋政坤
法律顧問／毛國樑　律師
出版發行／秀威資訊科技股份有限公司
114台北市內湖區瑞光路76巷65號1樓
電話：+886-2-2796-3638　傳真：+886-2-2796-1377
http://www.showwe.com.tw
劃撥帳號／19563868　戶名：秀威資訊科技股份有限公司
讀者服務信箱：service@showwe.com.tw
展售門市／國家書店（松江門市）
104台北市中山區松江路209號1樓
電話：+886-2-2518-0207　傳真：+886-2-2518-0778
網路訂購／秀威網路書店：http://www.bodbooks.com.tw
國家網路書店：http://www.govbooks.com.tw

2011年12月BOD一版
定價：260元

國家圖書館出版品預行編目

要不我不要 / 喵球著. -- 一版. -- 臺北市 : 秀威資訊科技, 2011.12
面； 公分. -- (語言文學類 ; PG0649)(吹鼓吹詩人叢書 ; 13)
BOD版
ISBN 978-986-221-836-5(平裝)

851.486 100018658

讀者回函卡

感謝您購買本書，為提升服務品質，請填妥以下資料，將讀者回函卡直接寄回或傳真本公司，收到您的寶貴意見後，我們會收藏記錄及檢討，謝謝！

如您需要了解本公司最新出版書目、購書優惠或企劃活動，歡迎您上網查詢或下載相關資料：http:// www.showwe.com.tw

您購買的書名：______________________________

出生日期：________年________月________日

學歷：□高中（含）以下　□大專　□研究所（含）以上

職業：□製造業　□金融業　□資訊業　□軍警　□傳播業　□自由業

□服務業　□公務員　□教職　□學生　□家管　□其它_____

購書地點：□網路書店　□實體書店　□書展　□郵購　□贈閱　□其他

您從何得知本書的消息？

□網路書店　□實體書店　□網路搜尋　□電子報　□書訊　□雜誌

□傳播媒體　□親友推薦　□網站推薦　□部落格　□其他__________

您對本書的評價：（請填代號　1.非常滿意　2.滿意　3.尚可　4.再改進）

封面設計____　版面編排____　內容____　文／譯筆____　價格____

讀完書後您覺得：

□很有收穫　□有收穫　□收穫不多　□沒收穫

對我們的建議：______________________________

____

____

____

請貼
郵票

11466
台北市內湖區瑞光路 76 巷 65 號 1 樓
秀威資訊科技股份有限公司 收
BOD 數位出版事業部

....

（請沿線對折寄回，謝謝！）

姓　名：＿＿＿＿＿＿＿＿　年齡：＿＿＿＿　性別：□女　□男

郵遞區號：□□□□□

地　址：＿＿＿＿＿＿＿＿＿＿＿＿＿＿＿＿＿＿＿＿

聯絡電話：(日)＿＿＿＿＿＿＿＿＿＿＿(夜)＿＿＿＿＿＿＿＿＿＿＿

E-mail：＿＿＿＿＿＿＿＿＿＿＿＿＿＿＿＿＿＿＿＿